私がここにいる理由

高田一葉詩集

土曜美術社出版販売

詩集　私がここにいる理由＊目次

カバー写真／著者

詩集　私がここにいる理由

・

ある日　教科書の展示会に行った
小学一年生の算数
一頁目は公園の絵だ
滑り台　ブランコ　砂場
駆けている子　笑っている子
楽しそうだね
子どもは何人いるでしょう
教室でのやり取りが浮かぶ

ふと片隅の
辞書のように分厚い一冊に目が留まった
同じ小学一年生の算数
一頁目を点字がずらりと埋めていた
私には読めないそれが
ここは公園
滑り台　滑っている子が一人
砂場　山を作っている子が二人
ブランコ　花壇　赤い花が五本
駆けている子が三人　笑っている子が……
粒々の文字が懸命に
画面を伝えようと整列している

そっと指先で山と谷を辿る

ゆっくりと　ゆっくりと
ゆっくりと　うねる波間に
漂流する浮き球
突然ぐらりと
足元が抜ける
一瞬の時を写した言葉の　写し切れずに
溢れ続ける言葉の海に

押された浮き球から噴き出す声が
ビリッと指先を走り抜ける
指先を弾かれて
辞書のように分厚い
そこから上る言葉の唸りに
立ち竦む

*

双葉

水を感じる
寝返りが
殻を破る
目覚めは唐突にやって来る

伸びをする
両腕を真上に
刷り込まれた飛込みの姿勢
ふいに

覆っているものの重さがのしかかる

息が詰まる
苦しさが命を追い詰める
捉えどころのなかった心が
拳を握る
生きたい

鮮明な喘ぎが私を
今ここに繫ぐ
繫がれた驚きが地を蹴る
暗闇に上がる飛沫

天井が割れ

思わず吸い込んだ光が
両の手を開く
太陽の歌の降り注ぐ方角
そこにある何かに向かって
始まる
始まる　始まるんだ

繰り返す命のうねりに
一度きり摑んだ私という命
さあ望んだままに
生き抜けよ

いっぱい

公園のベンチで
幼子の声
母親の手の中のボーロ
ひとつ　ふたっつ　みっつ
いっぱーい
三つの先のいっぱいが
嬉しくて嬉しくて笑っている

日溜まりの膝で　風の声

ひとつ　ふたっつ　みっつ
いっぱーい
初めて触れた新緑が
嬉しくて嬉しくて
そっと両手に掬っては
笑っている

巡る春
何度でも何度でも繰り返し
いっぱいのいっぱいの
温かなものの直中に
ほら
何もかもまた新しく
芽を吹けと

ひばり

青空の見えない一点で
ひばりが鳴いている
一面の白詰草の中
見上げる弟の瞳の中に
花冠を編んでいる私がいる

眩しさに翳した記憶の綿毛が
飛んでいく
逝ってしまうあなたの

産声の囀り
生まれるまで聞き続けた
嬉しさのそよぎ

ひばりの声の懐かしいここで
何を見詰めているんだろう
見えている空の
瞳に宿った未来から
囀りが
高く高く降り続く

忘れない

転んで痛い膝小僧
撫でてさすって　ほらっ
花咲かじいさんみたいに
痛いの痛いの　飛んでけーって
撒かれた言葉の飛んだ先
追っても追っても見えない先を
じっと見つめているうちに
なーんだ
転んだことを無くした道が

むっつりそこに延びている

ふいに
尻餅ついてちゃいけない気分に急かされて
両手をついて立ち上がる
偉い偉いって
偉いギプスにはめられて
そこを過ぎるまた一歩

きっと大切な何かのために
抜き取って飛ばされた
痛いの痛いの
見上げた蒼さに
私の流した涙の痕さえ消されてて

擦り剝けた赤い滲みを握り締める
放すもんか私の痛いの
この手の中に

あの年の十五夜

何度思い出しても
あれは一生に一度の月

行く？　と声を掛けたのは
仲良しののり子ちゃんちの二階
塗り絵も着せ替え人形も飽きて
ふと今日は十五夜だったと思いつき
芒取りに誘ったのだ
芒なら西川の土手にいくらでも揺れている

夕陽に染まる金の穂を折りながら
二人して夢中で歩いた
握れないほどの束を手にして
気付いた時にはもう
見渡す田んぼは
乾いた藁の匂いの薄闇に沈んでいた

すっと息を吸うのと視線が地平線の上
東山の白く浮き上がる稜線に吸われるのとは
同時だった　瞬間
ねぇあれっ　と指差したきり
ほんの少し頭を出した剥きたての光の玉に
釘付けになった
山から産み出されようとするそれを

生まれる　生まれるっ　と
言葉を呑み込んだまま見詰めていた
じれったいほどゆっくり　ゆっくり
そしてとうとう
ぬんっ　と産み出された濡れた光の玉が
昇るにつれて白く白く乾いていく　やがて
藍色の空にくっきりと収まった月に
ふーっと息をついて
なぜか二人して芒を放って駆け出していた

家に帰り着いた時には真っ暗で
こっぴどく叱られたけど
見てしまったあの景色は
私の内に居座った

生まれるという切ないほどの強さが
今日の風に立ち竦むたび蘇える
生まれた記憶を持たない命の
重ねてきた年輪の芯に

ここに立つ

近所の子　親類の子
四、五人も集まれば
〝あったてんがな〟と
ばあちゃんの話は始まった
お日様があって田んぼがあって
この町には角田山ってお山が
あったてんが
ばあちゃんの話はいつだってそこから始まる
角田山から吹く風をすーっと吸って

さて　ある日
下町の姉さが仁箇の村へな　と続けば
ああ　あそこか　と子らには分かる
山懐のその村と青田に浮かぶこの町と
渡る風の匂いまで
そこを姉さが泣き泣き歩いてたとなれば
昨日走ったあの一本道を
ぞろぞろついて歩きながら　なあして？
なあしてら？　とばあちゃんの方を振り返る
そいはな…　ともったいをつけた後
ばあにも分からん
そういうこったから　と
それはばあちゃんの得意文句

分からんことは分からんまんま
お山のどこかに置き去りにして
そういうこったからと話はどんどん先へ行き
働き者の姉さは
今じゃ丸屋の奥さんらて
えーーっと　ここで子らは大騒ぎ
けんちゃんの母ちゃんのことらいや
ばあちゃんの話はいつだって
めでたしめでたし　どんとはらい
ばあちゃんから貰った十円銅貨を握って
駆け出す町のどこからも角田山は見えていた

〝そういうこったから〟と
ばあちゃんどころか

誰もが生まれるずっと前から
そういうこったからあった　ここ

お日様があって
田んぼがあって
お山があって
ここにあるっていうことが
風みたいに流れてる

夏祭り

触れ太鼓が揺り起こす
町中の顔が通りに溢れ
近付いて来る掛け声を待ち構えている
せいや　せいや
調子の悪い拡声器の音がざわめきを劈いて
一向に進まない山車をけしかける
一杯機嫌のはだけた浴衣
突き抜ける笛の響き
風船の割れる音

泣き叫ぶ子どもの声さえ喜々として
町の背に一年ぶりの汗が噴く

せいや　せいや
お稚児様が天狗行列が
お神輿が
時のしめ縄を渡る
聞こえていなくても刻み続けていたお囃子が
ふいに耳に戻ったような
行き交う顔に深い透かしが現れる
元気らったかやぁ
おめぇ母ちゃんとそっくりになってきたがぁ
おめぇこそじいちゃんとそっくりらて
また遊びに来いやぁ　と

尽きてしまったあの時も
燃え盛るこの時も
一握りに縒り合わせて
今　ここに

せいや　せいや
掌に残る引き綱の重みが
賑やかな夕餉の時を温めている
夜空の皮に跳ね返る大花火の音が
人の在処を篩い出す
ドーン　ドーンと波の寄せる岸に
夜店の灯が揺れている
引かれたい手　引きたい手しっかり握って
懐かしい賑わいを歩こう

ほら　地平線の沈んだ闇に
しだれ花火がゆっくりと
消えていく

ポプラ

窓辺の細波を見ている
黒板のチョークの足音も
彼の苦悩の日々も音楽も
容易くそこに消えるのを
ベートーベン作曲
交響曲第五番「運命」第一楽章
木漏れ日のゆりかごに
教室は揺れている
町はずれのお地蔵さんの脇

矢川の土手　学校のグラウンド沿い
町のあちこちのポプラの大木が
同じこの時を刻んでいる

風が散らす梢の囁き
〝くからくかりしきかるけれかれ〟
脈絡もなく脳裏を転がる声
きかるけれかれ
思えば抱え切れない熱に
うなされていたあの頃
白楊会館と呼ばれた学食から
吐き出される大盛りラーメンとカレーの匂いが
今もそこを転がっていく

くからくかり　母が笑う
女学校の夏休み
海まで三里　往復六里の道を
友達と唱えながら歩いた
〝ずざらずざりずぬざるねざれざれ〟
でしょ？
海に行くと言うと
どの家の子も握り飯と一升瓶を持たされた
泳いだ後に海水一升背負って帰る
貴重な塩
戦時中を歩く子らに
遥かに見える町のポプラは
高々と手を振っていた

少女雑誌の看護学校生募集の記事に
家出同然に飛び出したという祖母
宝塚に憧れ
台所で一日中歌っていたというその妹
英霊を抱く曽祖母が丹精していたという庭の蓮
墓場を守るポプラが
あの人この人のエピソードを風音にする
時の臍に花を手向ける
お盆の読経が手繰る臍の緒の
まだ濡れて柔らかな記憶に
手を合わせる

見上げれば空へ
伸び上がるポプラ

ハイリゲンシュタットで綴ったという遺書
綴らせた思いが運命の扉を叩き続ける
何度でも　何度でも　何度でも
叩く主題が梢を煽る
やがて音楽の尽きるところ
終止線は扉の向こうに
あの一番高い眩しさの向こうに

逝ってしまう命を見失う
一面の約束の青空

穴

靴下を履いた
踵に穴
ふいに昔がそこに来て
祖母が当て布をして繕っている

祖母は従軍看護婦だった
その一人娘の母と婿に入った父
その家のほつれた記憶の穴を
精一杯繕って

私を包んだ産着
命に染みたその匂い

駆け出した私
育つことが全てだった時間
校門の脇にランドセルを投げ出して
滑り台を逆から上り
腹這いで滑り下り
地面と水平にまで漕いだブランコから飛び降りて
飛行距離を競った
ズボンの膝が切れる
父の着古した作業着が
塞いでいた穴が　また

そうだったろう
家族の時を寄り集めて懸命に
繕い続けた景色
そこで育った

靴下の口を引っ張って
足を靴に入れる
誰にも見えない穴を踏んで
今日に立つ
暮らしという今日に立つ
一歩ごと
擦り切れた穴に縫い付けられ
吸われるように重ねられた思いが
ヒタヒタと踵に滲む

この一歩に……

雪の日の

雪の日のバス停で
来ないバスを待っている
コートの中の体の芯に氷柱が下がる
足踏みをする
息が白い　吸って吐く度
白い靄が濃く薄く
見えない何かが透けてるようで

吸って吐いて　吸って吐いて

両手にはーっと息を掛ける
弟と雪玉を投げ合った
真っ赤な頬と
真っ赤な手をした子ども達

一杯機嫌の酒臭い父の手に握られて
ギュッ　ギュッと誰も歩いていない雪を踏む
ずっと向こうにちらちらと
どんど焼きの火が見える

ほわっとのぼる湯気を纏った
銭湯からの帰り道
仲良く並んだ三つ星を
立ち止まって探すんだった

あれはオリオン
教えてくれたのは誰だったろう

雪降ろしの屋根の上の
スキー場の夜のリフトの
凍るような息の輝き
光の音を吸って吐いて　吸って吐いて
見えて霞んでいくらでも

こんなに欲張りに抱えていたんだ
ふとすーっと深く吸い込んで
長く長く息を吐く
闇に掛かった白い息の橋の先へ
ほらみんな　飛んで行け

雪に点ったぼんぼりのような
あっ　バスが来る

未来へ

水色とピンクのランドセルが
私を追い越して駆けていく

私のランドセルは朱色だった
町で一番大きな店の
ショーウインドウに飾られていたそれを
買ってもらったんだった

校舎の屋上で

大好きだった古沢先生が指差している
ほら　ずっと向こうまで
見渡す限り田圃だろう
こういうのを平野っていうんだ
その平野が切れる線を地平線
地平線の端から端まで
繋がっている山　それを山脈
あれが越後山脈だ
頭上には青い空
明るくて　広くて　眩しいものを
私はごくんと飲み込んだ

白詰草の畦道が延びていく
早苗の細波が輝いている

風の匂い
走るとカタカタと筆箱が鳴る
膨れたかばんの感触が
肩にある

過ぎていく子らが思い出の海に
鮮やかな航跡を引いていく
楽しげに　弾むように

あの地平線の先
君達の空の下へ

ありがとう　ね

猫のしぃが死んだ
いつもの気に入りのソファーで
丸くなって眠ったまんま

娘が子どもの頃から放さない
ぬいぐるみのミーは
今も彼女のベットで眠ってる

いつだって娘は帰ると

二匹を胸に〝会いたかったよ〟と
頬ずりしてた

いない誰かのいつもの場所に
会いたい思いが降りしきる
積もるぼた雪　あたたかい

*

あっ

目覚めたら水底にいた
ぼこぼことくぐもる音は
泡の中だ
耳の調子がおかしい

医師は言う
耳はきれいです
聞こえは年齢のせいでしょう
心配はありません　と

そうか　迷走も逆走もしていない
順調という標識に頷いて
さて右に行くか左に行くか
どこに行くにしろ順調なのだ

歩調に合わせて
気休めの薬袋がカサカサと鳴る
出任せの鼻歌が後を追う
ふと目の前に紋白蝶が紛れ込む

あっ

順調を重ねたこの星の

完璧に近い精度の上で
ふわりと
私達は擦れ違う

今という危うさに筆を浸し
過ぎていく風が耳を掃く
ここを通過したささやかな証を
鼓膜に引いて

サイレン

突然近くを消防車の行く音
サイレンの尾が風を波立たせている
見える筈もないのに
窓辺に立った

いつもと変わらない家並みが
夕日に沈んでいる
日常の底をサイレンがゆらゆらと
遠ざかっていく

やがて何も無かったように
とろりとした夕方の時間が
窓を埋める
日常の静けさ

何も無かった？

ふと呼ばれたように
埠頭に立った日が蘇える
果ての無い空を水平線が断ち切った
海という囲い
そこに流れ込んだ日常の切り口が
籠った沈黙をうねらせている

いくらでも底なしに
飲み込んでは青く
ただ青く

思わず叫び出しそうになる
命の小ささが
私を熱い粒にする
卑屈で臆病で
言い訳だらけのそれでも
手放せずにいる
いるという　重み

上がった飛沫を
静まった夕日の面に

私はしっかりと
見届ける

音

近所で赤ん坊の泣く声
止まない雨の音　　ふと
子ども達に置き去りにされたピアノに
指をのせた
ポロンと
私のような音がした
投げられた音に
群がる言葉
言葉の腹に消えた音が

私の内をひっそりと
落ちていく

手繰れば糸の先に
それは
私が最初に打った鼓動だろうか
誰にも聞かれず
私に包まれ　私の芯になり
言葉から守られ仄かに点っている
音
魂が肌を寄せ
知ろうとし　分かろうとし
見定めようとし
始まりのその時から繰り返し

繰り返し届こうとして
それでもどうしても届かないどこかで
鳴り続けている
音
名付けられないそれは
命のありように似て
そっと両手を翳せば
そこにある
温もり

耳を澄ます
時を埋める音の森の
その奥
始まりと終わりの優しく籠る

音の靄に
佇んでいる

また冬が来る

光の花のような蜘蛛の巣に
蝶の羽が嵌まっている
罅割れた青空の窓
風が吹いて　雨が降って
たくさんの時が流れて
ほら　今
窓ガラスを白い雪が
滑りながら融けていく
ガラス越しの季節に抱かれて

あなたと過ごした午後
キース・ジャレットが
1975.1.24. のケルンコンサートを
繰り返し弾き続けている
ありがとう
今日を埋めてくれるものたち
熟していく時が
醗酵とも腐敗ともつかない
泡を吐く
いくらでも　いくらでも

増えていく空白に抗って
書き込んだメモ
読みたかった本

薬の名前
何のためのか忘れた日時
意味を失った数字の羅列
反古の山
三時には決まって紅茶を淹れる
立ち止まるたび
欠けていく視野に青空が広がっていく
あの蝶の羽を嵌め込んだ
私達の居た場所
見上げている私のほんの近くに
立っているあなた
頭の中を
澄んだキースのピアノが抜けていく
逝ってしまう　みんな

居てくれてありがとう

今日の陽がギンナンの実に
時の露を膨らませていく
あなたと歩いた銀杏並木の
永遠とも思える光の川に
ああ　もう
杏色の　実が
落ちる

在る

通された部屋の隅に
多分　片付け忘れた青い積み木
キャラメルの箱位の四角い形
立てればビル
横に走らせればスポーツカー
床を打てば拍子木　か

窓が切り抜いた一枚の日向に
青い積み木がぽつんと在る

始まらず終わらず
いつから在り続けていたのだろう
誰も問題を起こさない
何も問題が起こらない
青い積み木の永遠……

足音が近付いて来る
ガラス張りの標本を跨いで
やぁ　いらっしゃい
挨拶する私の今日から
青い積み木の結晶が零れ落ちる

夢

風が吠えている
吹雪に沈む夜に
救急車の音が飲まれていく
布団の中で寝返りを打つ
いつかこういう日があった

澄んでいく聴覚の糸を
思い出が擦る
息子の部屋の話し声
そっと階段を下りていく足音

ドアが開いて閉じた後の
静寂が握った感情が
今という深みに落ちていく

ふと
永遠を生きてきた命に摑まれ
思いがけずつけた蕾に夢を見ていた
どうしようもなく
この腕に抱きしめていたい

酔いのような熱が
強引に
吸い出されていく

ここでの何かを終えて
子が巣立つ

時の胸に耳を埋める
降り積もる新雪を踏む
あの　キュッ　キュッという音が
木霊している
懐かしく誇らしく　揺るぎない心音が
私を踏みしめて
過ぎていく

どこからか来て
遥か　遥かな
この先へ

蒔く

ここで子育てをしようと決めて
三十五年がたった
昭和時代の庭付き団地の一区画
子どもは大人になって
当たりまえに歳を重ねた私が残った
開け放した窓から
溜息のような風が行く
草ぼうぼうの庭に
吹き溜まった暮らしが透ける

思い立って鍬を振るう
はびこる草が刃を弾く
鍬を振るう　鍬を振るう
刃が刺さる　ぐっと起こす
草の根がぶつぶつと断ち切れていく手応え
鍬を振るう　草を抜く
この土地に染みた時を鋤き込んで
畝を作る　堆肥を入れる
鍬の腹で均す
鍬を握って腰を伸ばす
いきなり
背後から目隠しする娘の手のような
取り返しようもない懐かしさに塞がれる

そこに
大根の種を蒔く

芽吹くだろうか
初雪の頃には青首を並べるだろうか
ずっと先に仄かな明るみを点して
そこまでの道筋を描いては
描いては笑って来たんだ
まだ届かない夢という終着点

今日
掌の
芥子粒のような夢を蒔く

ギフト

夜　風呂上がりに
爪を切った
泥棒が来る
もう何十年も会っていない祖母の声が
耳元で聞こえた
目を上げると
ここがそこに重なって
私はそこを生きている
そんなの迷信だよ

そう言う私に
いや　ばあちゃんのばあちゃんは
本当に泥棒に遭ったんだ　と
煤けた闇のずっと奥の
囲炉裏端が明るんでいる
今の今にしか居れない私の
百年の覗き見

ふと
私の人生に残されていた
楽しみの小箱が開かれる

また明日

大好きなアーモンドチョコレートを
ガラスの器に山盛りにして
一本削っては
一粒口に入れる

十二色の色鉛筆を端から順に
小刀で削る
オレンジ
紫

茶色

今削り終えた水色を
昨日削ったその次に置く
先の尖った鉛筆を
逝ってしまった時の証のように並べて

次は赤
口にしたチョコレートが溶けていく
小刀が削る
削れて行く今日が
赤い芯の先に点っている

また明日

緑から始まる約束を
呟く口が甘い
手付かずの明日の分が
まだそこに
ある

私

素子か文子か一葉か
祖父が考えた私の名前
両親が選んだ　一葉
カズヨチャンと呼ばれるのを真似て
幼児の私は自分をカジチャンと言った
小学生の頃先生が変わるたび
正しく呼んでもらえなかった
五年生の担任には
イッパと読まれ　以来友達に

イッパ　ハッパ　デッパと囃された
陽子でも幸子でも美代子でもない
一葉に込められた思いは
初孫で長女という奇妙な期待以外には
聞いても考えても分からなかった
葉という漢字を習った
何度書いても不恰好で嫌だった
十代の中頃
葉は万葉集の葉
一葉は一つの歌だと思い当たった
初めて嬉しかった
銀行の窓口で確認される
カズヨなのかカズヨウなのかと
両親の見解が違う

違うことをいい事に私は気分でどちらにもなる
どちらにもなるのでどちらでもない
長い現役時代
名字が顔で名前は臓器だった
○○さんの奥さん　○○のお母さん　○○課の○○さん
おばさん　あんた　その人……
診察室で
名字名前を晒される
一葉という体のＣＴ画像
その体についての所見を
愛車の車検見積りの話のように聞いた
刻まれた記録

二〇一九年三月

冬は必ず春になる
時満ちた蛹の背に筋が入る
蝶の羽が覗く
私

ただの命

朱鷺色

写真立ての母を見ている
生まれたばかりの私は
日に何度も見ていたのだろう
訳も分からずその人を

この人が母だと
この人から生まれたのだと
いつ知ったのだろう
いつ信じたのだろう

写真立ての母を見ている
今はもういないその人を
思い出のあちこちに見つけては
納得できずにいる物語を
読み返す

またそこで躓いて
写真立ての母を見ている
私がここにいる理由
写真立ての母が見ている
私がここにいる理由

青空が少しずつ朱鷺色に

潤んでいく時刻
始まりと終わりがその一色に
今ここを包み込む

母という言葉の内側で
どんな手掛かりもない内側で
私は
この色を見続けて来たんだ

色に滲んだ思いが染みる
この色に生まれ　育まれ

染まっていく夕空に　ただ
胸がいっぱいになる

*

恋文

——「本田訓　自分の為の第三詩集」によせて

ファインダーの向こうに
私の好きな貴方を独り占めしている
四次元的な記憶の道で
あの時の私を見つけた
記憶に意志があるのかどうか
測りようのない奥行きを
蛍の点す灯のような
無数の記憶が群れている

時のガラス管の先端から落ちる
純度の高い言葉を試験管に採集し
言葉と言葉の連結による加速効果
言葉と言葉の混色による芳香効果
言葉と言葉の間隔による音楽出現効果
言葉と言葉の捕食による淘汰と増殖効果……
人が持つ「言葉」の可能性についての実験と測定は
多分始まりも終わりも無く
ただひっそりと続けられている
その貴方の机にあの日のまま
牛乳瓶に挿された月見草

バーナーの青い火に翳した「愛」という言葉

分子構造　発現率　幻視幻聴出現率　熱効率　揮発性
色　匂い　伸縮性　柔軟性　耐久性　吸湿性　転移性……
飛蚊症の目を凝らし
硬い鉛筆で次々に項目を埋めていく
貴方のその傍らに
佇んでいた気がした
きっと今頃は
しょぼつく目を夜空に向けて
あのビルの裏口で煙草をくゆらせている
分かってる
並べられたどんな数値より
貴方の胸深くから吐き出される煙の方が真実

昇って行く煙を追う

ほら　あれがリゲル
貴方の声が肩に触れ
ふと立ち止まったそこは
古い祭りの夜店のような
ゆるく捩れた記憶の道筋
植木や　金魚や　花火や　綿飴や
お面や　ひよこや　回り続ける灯籠や
無愛想に煙草を吸って座っているどの店の主も
貴方　ね
いずれ私が来ると見込んで
ずっとそこに居てくれたんだ
帰り道の消えた遠い懐かしさに抱かれて
祭りを歩く
誰と来たのか　どこから来たのか　この祭りの果ては……

もう
何も分からなくていい
彗星のように散らしてきた記憶が
次元の薄膜を抜けて
ほら　蛍灯に突っ込んで行く

瞬間
自覚せずに発し続けた私という信号が
時の色を変える
制御不能の火達磨の発信
闇の宇宙にただ懸命に灯を点す
命の痕跡が煙る

カメラの四角い視野の中に

貴方を見ている
どこにもいない私が
貴方の在り処に吸収される
シャッターを押すまでの
凍結された一瞬の輝きが
果てのない宇宙を走り続ける

あとがき

母が亡くなって、母の戸籍抄本を手にしました。〝昭和八年七月弐拾四日出生　同月弐拾六日受附入籍〟に始まり、結婚、子の誕生、夫の死、そして私が届出をした除籍。事実だけを記したそれを目にしたとたん、なぜか際限も無く母との思い出が溢れました。

私が母に見ていたもの…ふとその洪水が、母の抄本に記された私の名に打ち寄せているように思えたのです。母が私に見ていたもの…。

私を生み育てた家族、町。夫と私の作った家族。それらが自分では決して見ることが出来ない自分の顔を一番近くで映し、私に見せてくれていたのではないか。

見えない自分、自分とは何か何者かと青臭い言葉を並べたまま、この年になってしまいました。でもきっと一生、私は問い続けるのではないかと思うのです。

『私がここにいる理由』私にとって八冊目の詩集にして初めて、テーマを据えて編むことができました。書き溜めた作品を篩いにかけながらこのテーマを拾い上げ示してくださった土曜美術社出版販売の高木祐子様には、自分を映す新しい鏡をプレゼントして頂いた思いです。

また、ある日ふらりと行った新潟の浜辺で偶然出会ったしゃぼん玉の群れ。今ではないどこか別の時間に迷い込んだようなその時の写真。これを使えたら…という我儘を聞き届け、素敵な装幀をしてくださった直井和夫様。無事この詩集が産声を上げることができました。心より感謝申し上げます。

最後に、私の生まれた家族そして今私に有る家族に、まだ容易には言葉にならない沢山の思いを込めて…。

二〇二四年五月

高田一葉

◆初出一覧

・	「葉群」134 号（2023 年 3 月 1 日）

＊

双葉	「葉群」138 号（2023 年 7 月 1 日）
いっぱい	「葉群」137 号（2023 年 6 月 1 日）
ひばり	「葉群」116 号（2021 年 8 月 1 日）
忘れない	「葉群」113 号（2021 年 5 月 1 日）
あの年の十五夜	「葉群」123 号（2022 年 3 月 1 日）
ここに立つ	国民文化祭わかやま 2021（2021 年 11 月）
夏祭り	「葉群」116 号（2021 年 8 月 1 日）
ポプラ	「葉群」105 号（2020 年 9 月 1 日）
穴	「葉群」103 号（2020 年 7 月 1 日）
雪の日の	「葉群」110 号（2021 年 2 月 1 日）
未来へ	「葉群」141 号（2023 年 10 月 1 日）
ありがとう　ね	「葉群」111 号（2021 年 3 月 1 日）

＊

あっ	「葉群」142 号（2023 年 11 月 1 日）
サイレン	「葉群」139 号（2023 年 8 月 1 日）
音	「葉群」142 号（2023 年 11 月 1 日）
また冬が来る	「葉群」144 号（2024 年 1 月 1 日）
在る	「葉群」103 号（2020 年 7 月 1 日）
夢	「葉群」145 号（2024 年 2 月 1 日）
蒔く	「葉群」129 号（2022 年 10 月 1 日）
ギフト	「葉群」144 号（2024 年 1 月 1 日）
また明日	「葉群」145 号（2024 年 2 月 1 日）
私	「葉群」88 号（2019 年 4 月 1 日）
朱鷺色	「葉群」146 号（2024 年 3 月 1 日）

＊

恋文	「葉群」136 号（2023 年 5 月 1 日）

著者略歴

高田一葉（たかだ・かずよ）

1955年　新潟県西蒲原郡巻町（現新潟市）生まれ

詩集　1983年『風の地平線』（私家版）
　　　1987年『雪降る星で』（私家版）
　　　2001年『夢の午後』（新潟日報事業社）
　　　2013年『青空の軌跡』（ミューズ・コーポレーション）
　　　2016年『聞こえる』（ミューズ・コーポレーション）
　　　2018年『手触り』（コールサック社）
　　　2020年『ほら　そこに』（文化企画 アオサギ）

2000・2017年　国民文化祭現代詩部門文部科学大臣賞受賞
2016年　混声合唱組曲「地球を一晩借り切りで」が鹿野草平作曲、仁階堂孝指揮により初演
2018年　混声合唱曲「未来」「小太鼓打ち」が後藤丹作曲、仁階堂孝指揮により初演

現在、個人詩誌「葉群」刊行中
日本詩人クラブ会員、新潟県現代詩人会会員

現住所　〒950-2023　新潟県新潟市西区小新 2-18-31

詩集 私《わたし》がここにいる理由《りゆう》

発行　二〇二四年六月二十六日

著者　高田一葉
装幀　直井和夫
発行者　高木祐子
発行所　土曜美術社出版販売
〒162-0813　東京都新宿区東五軒町三―一〇
電話　〇三―五二二九―〇七三〇
FAX　〇三―五二二九―〇七三二
振替　〇〇一六〇―九―七五六九〇九
印刷・製本　モリモト印刷
ISBN978-4-8120-2840-7　C0092